푸른 바다는 푸른 그리움을 품는다

작은 것에서 시작한 길,
새로운 인생을 향한 여행을 시작합니다

소리 없이 찾아온 감성의 노래가 가슴을 파고들었습니다.

그동안 느껴 보지 못한 시간들이 눈을 뜨며 내 곁으로 다가왔습니다.

푸른 산과 들, 바다, 나무, 꽃들이 하나하나 시가 되고 꿈이 되어 한 권의 시집으로 살포시 다가왔습니다.

어느 날 소리 없이 마음속 깊은 곳을 노크하며 찾아와 나를 동심의 세계로 인도한 문학은 사막에서 만난 우물 같은 존재였습니다.

이젠, 풀 한 포기, 꽃과 하늘, 구름과 친구가 되는 그런 하루를 시작하고 있습니다.

시는 인생이라는 여정에서 정답을 찾아가는 중요한 의식이라고 생각합니다. 마음의 양식을 가득 담은 보물섬 같은 존재이기도 합니다.

아주 작은 것에서 시작한 길, 웃고 울며 살아온 길, 사람 냄새가 풍기는 길, 신이 주신 모든 것들에 감사하는 마음을 담아 아름다운 인생 2막을 향한 여행을 떠나려 합니다.

첫걸음을 인도해 주신 김남권 스승님, 달빛문학회와 월요시동인회 회원 여러분, 그리고 사랑하는 가족들에게 감사한 마음을 전합니다.

2026년 새해 아침

김 남 오

차 례

제1부

우리 동네는 까만 물이 흐른다

길 위에 서다

내가 가야 할 길은 여러 갈래가 있다
난 오늘도 그 길을 걸어가고 있다

운명처럼 돌고 돌아
한 번도 가본 적 없는 길을 걸어가고 있다

길은 언제든지
마음먹기에 따라 선택할 수 있지만
모든 길을 다 가볼 수는 없다

새로운 길 위에서 시작하는
새로운 아침,
나는 나에게 길을 묻는다

이런 사람을 만나고 싶다

거짓으로 다가오는 사람보다
진실을 말하는 사람이 좋다

가식과 허울보다
사람 냄새 나는 사람이 좋다

향기가 없는 모란꽃 보다
라일락 향이 풍기는 사람이 좋다

늘 같은 마음과 새로운 생각을 주고받을 수 있는
그런 사람을 만나고 싶다

우리 동네는 까만 물이 흐른다

"우리 동네 하천은 까만 물이 흐른다"
삼탄아트마인에 걸려 있는
시 한 편이 눈에 들어 왔다

팔십 년대까지 수만 명의 광부들이
지하 이천 미터 막장에서
목숨 걸고 사투를 벌이던 삼척탄좌엔
까만 석탄 가루와 까만 탄차만 남아 있다

나무도 까맣고 냇물도 까맣고 도로도 까맣고
하늘도 까맣던 시절
아이들의 눈에 비친 하천은
원래부터 까만색이었을 것이다

탄광이 문을 닫은 지 반세기가 지났지만
갱도 속에선 여전히 까만 물이 흐르고
사북역 저탄장엔 까만 산이 드러나 있다

　　　　　푸른 바다는 푸른 그리움을 품는다

시간을 소환하다

충절의 고장 영월,
중앙시장 입구에서 생선가게를 하는
친구를 만났다

어린 시절 정선아리랑을 구수하게
부르던 친구는 소풍만 가면 늘 인기 최고였다

친구 셋이 동강 변에서 물수제비를 뜨며
의형제를 결의했었다

다시 만난 친구와 어린 시절 그 추억을
이야기하다
나머지 한 친구에게 안부 전화를 넣었다

갑자기 오십 년의 시간이
거꾸로 흐르기 시작했다

친구, 잘 가시게

염장봉 아래 작은 우정의 집
땀 냄새는 구수하기만 한데

정처 없이 떠나는 발걸음
붙잡지도 못하고

떠나가는 길목에 꽃잎 하나 깔아 주지도
못하고

가시는 님은 서글픈 내 마음을 아는지 모르는지
심술만 부리고 있다

잘 가시게 친구,
부디 좋은 세상, 좋은 친구 만나
막걸리 한잔에 모든 시름 잊고
천 년 만 년 행복하시게나

꽃이 되라고 말합니다

꽃이 환하게 웃으며 내게 말합니다
당신의 미소는 꽃보다
아름답다고

꽃이 바람에 흔들리며 말을 건넵니다
당신도 아름다운 꽃이라고

꽃이 살며시 손짓하며 내게 말합니다
당신을 만난 모든 사람이 꽃이라고

꽃이 노래하며 말합니다
당신은 언제나 사랑스런 꽃이라고

그리운 아버지

십 년 전 산자락에 새로 지어드린
아버지의 집에 들렀다

3년 상은 옛말이 된 지 오래고
지붕에 돋아난 풀 한 포기를 뽑으며
그리움에 울컥 눈물이 솟구쳤다

가난을 끼니처럼 때우며
살던 시절에도
인생을 꿀리지 않고 살아가려면
배우고 익혀 지식을 쌓아야 한다고
강조하시던 아버지

막걸리 장단에 '울고 넘는 박달재'를
즐겨 부르셨지요

내게 누구보다 든든한
후원자셨던 당신이
오늘은 사무치게 보고 싶습니다

푸른 하늘 뭉게구름은
무심하게 흘러가고
떠나가는 조각배에 덧없는
내 마음만 실어 보낸다

당신은 고마운 사람입니다

우울한 가슴에 말없이 다가와
위로의 말을 속삭이는
당신은 참 고마운 사람입니다

내 작은 가슴에 조용히 다가와
사랑을 속삭이는
당신은 참 고마운 사람입니다

허물과 고뇌에 쓰러지는
나를 위해
용기의 노래를 불러주는
당신은 참 고마운 사람입니다

기쁨과 슬픔이 교차할 때도
언제나 나를 위로해 주는
당신은 정말 고마운 사람입니다

희망의 꽃

병풍으로 둘러싸인
함백산 절벽에 돋아난 야생화
비바람 속에서도 꽃을 피운다

천둥 번개가 절벽 너머로 몸을
밀어붙여도 아랑곳하지 않고
해마다 어여쁜 꽃을 피운다

두려움과 불안감 속에서
한순간도 포기하지 않고

그 자리에서 당당하게
아름다운 꽃송이가 된다

절망을 희망으로 일으켜
세우는 화촉이 된다

희망의 땅을 찾아서

네팔 청년 두 명을 만났다

한국말은 서툴지만 의사 표현은 할 줄 안다

새벽 5시부터 삼척 하장면에서
예초기 일을 하고
오후에는 시간당 2만 원짜리
알바를 하는 20대 초반의
성실한 청년들이다

"사장님 무슨 일을 하면 되나요?"
두 청년은
잠시도 쉬지 않는다

한국 온 지 4년, 가족이 그립다고 한다

우리 선조들이 머나먼
이국땅에서 그랬듯이 희망찬
내일을 꿈꾸며 온갖 궂은
일을 마다하지 않는다

잠시 눈을 들어 하늘을
바라볼 때면
고향의 부모님께
안부 인사를 전한다고 한다

따사로운 햇살이 농촌 들녘
청년들의 그리움을 담아 하강하는 동안

특유의 느긋한 수염과 웃음을 띤
검은 얼굴에 살포시 흘러내리는 땀방울이
청년 시절의 나를 보는 것 같아 흐뭇했다

시간 되면 울리는 전화벨 소리

시간이 되었다
어김없이 울리는 전화벨 소리

거하게 한잔 걸친 서울 사는
불알친구다

신한은행을 퇴직하고
제2의 인생을 꿈꾸는 성실한 친구다

농산물 손해평가사 자격증도 따고
취업 준비도 마쳤다

마누라는 시골에 아담한 집을 준비해서
먼저 이사를 했다고 한다

내일이면 환갑을 바라보는 나이에
한번 전화하면 한 시간을 넘긴다

마누라 흉보기,
아들딸 사업, 취직, 결혼문제에
학창시절 사귀던 여자 친구 이야기까지

오늘 밤도 친구 놈 덕분에
까만 밤을 하얗게 지새웠다

첫사랑, 선생님

초등학교 시절
세상에서 제일 예쁜
여자 선생님이 오셨다

20대 초반
긴 머리에 짧은 청치마를 입고
미소가 아름다운 분이셨다

아련히 사라져 간 얼굴이지만
우리에게는 천사였고
나에겐 첫사랑이었다

수업 시간이 끝나고 교무실 청소 당번만 기다리며
가슴 설레는 나날들이 계속되었다

선생님 모습만 보면 심장이 방망이질을 하고
알 수 없는 감정이 노래를 불렀다

그 옛날 첫사랑이 그리워 찾아온 모교에는
수줍던 아이들의 미소 대신
참새들의 사랑 노래만
교실마다 울려 퍼지고 있었다

아우라지 뱃사공아

"아우라지 뱃사공아 배 좀 건네주게
싸리골 올동박이 다 떨어진다"

길 떠나 돌아오지 않는
아우라지 총각을 기다리다
돌부처가 되고 만 아우라지 처녀는
아직도 조양강 나루터에서
하염없이 흘러가는 강물만
바라보고 서 있다

첫사랑의 순정을 잊지 못하고
애달픈 사연의 밤을 지새우는데

두 갈래 물줄기 한데 모여
한강의 발원지가 된 아우라지에
뱃사공은 간데없고
빈 배 가득 늙은 햇살만 실려 있다

해바라기 꽃이다

팔월, 태백 구와루엔
황금 물결이 파도치며
장관을 이룬다

수십만 평 대지에 동그라미
얼굴 수만 개가
하늘을 향해 웃고 있다

몇몇 놈들은 건방지게
경쟁하듯
들판을 향해 내달리고

하늘과 가장 가까운 놈들은
미안한 듯
태양을 향해 고개를 숙인다

"그놈이 바로 그놈이다"

등넘이 태양과 저녁노을이
살랑살랑 시원한 바람에
꽃노래를 실어 보낸다

탐험가 콜럼버스가
아메리카 대륙을 발견하고
16세기 무렵 유럽 전역으로
퍼졌다는 '태양의 꽃'

오늘은 백두대간의 하늘을
떠받치고 있다

소주의 추억

내 친구는 소주,
내 삶의 동반자이자
구세주다

고된 하루를 마치고 나면
소주 한잔으로 인생을
이야기하며
부러울 게 없었다

축하주 한잔에 기쁨을 나누고
고백주 한잔에 사랑을 꽃피웠다

조문주 한잔에 슬픔을
우정주 한잔에 세상을 보았다

동네 포장마차는
사연 많은 애주가들의 성지였다
보따리 사연은 당연히 최고였다

그토록 사랑한 연인이었는데
벌써 이별한 지 4년,
어느 날 갑자기 떠나보내고

해마다 여름이 오면
홀로 항골계곡에 들러
쓸쓸한 미소를 짓는다

희망을 버린 꽃

마을 입구에 핀 야생화
뜨거운 햇살에 지친 수증기가
온몸을 휘어 감자
더 이상 참을 수 없다는 듯
바닥에 누워 버렸다

하늘을 원망이라도 하듯
바닥에 누워 몸부림치는
저 꽃

지옥의 불기둥이 저럴 것이다
인간의 잘못 때문에
뜨거워진 대지를 어쩌지 못하고
자연의 순리마저 거스르는
운명이 되었나

희망을 버린 저 몸짓,
꽃을 버렸다

푸른 바다는 푸른 그리움을 품는다

백사장을 타고 피어오르는
아지랑이의 속삭임이 뜨겁다

바람조차 무릎 꿇리고
대양을 건너온 파도가
붉은 노을을 불러와 어깨
춤을 춘다

해송이 이파리마다 걸린
파도의 입자들이
말보다 싱그러운 향기를 건네고

그리움은 마르지 않는
우물처럼 파도친다

모래알의 밀어들이 푸른 바람을
흔들고 있다

제2부

시골 이발사의 아침

그냥 빗속을 걸었다

시골의 한적한 카페에서
아메리카노 한 잔을 시켜 놓고
고독을 즐긴다

그림 같은 창문 너머로
여우비가 내리는
소리를 들으며
침묵의 언어들을 생각한다

마음의 응어리도 함께 풀어 놓고
낙엽을 두드리는
동그란 물의 입자들을 생각한다

우산을 쓴 연인들 발걸음이 정겹다

커피 향기 속으로 들어간 빗방울이
마음의 무게를 무너뜨리고
나는 우산도 없이
빗속을 향해 걸어 들어간다

아침을 여는 사람들

지지배배 제비 소리가
정겨운 정선 오일장의
새벽이 밝았다

동문 서문 남문 북문
꾼들의 아침이 시작되고 있다

첫 번째로 임계 마늘이 등장하고
구수한 막장이 그다음으로
헐떡이며 등장한다

메밀전과 전병은
배고픈 창자를 유혹하고

심배술과 아우라지 막걸리는
아리랑 가사에 젓가락 장단을 불러온다

"여가 정선이래요"
"내가 농사 지은 거래요"
"마이 사도 싸요"
구수한 용탄 할미의 사투리가 정겹다

한켠에 쭈그리고 앉은
백발 노인네는
직접 기른 오이 가지를 팔아
손자 손녀 용돈을 준다

"새터골", "노꼬마니",
"이절"
하나둘 모여든 장돌뱅이와
오고 가는 사람들이
인산인해를 이룬다

골목골목 수다쟁이들의 이야기는
소리 없는 바람을 타고
메아리친다

"언능 와요", "여가 장터래요!"
"싸요", "사드래요"
정선 사투리가 정겹다

"여가 정선 오일장이라예"

아리랑 아리랑 아라리요
아리랑 고개로 나를 넘겨주게

아리랑 가사 한 줄에
고달픈 삶의 애환도 다 녹아내린다

도둑놈 이야기

"도둑놈 잡아라"
노을이 붉게 물든
고요한 저녁

물망초 꽃님이네 집에 도둑이
들었다는 외마디 소리가 들려왔다

구절초 이장은
부채꽃, 백리향, 달맞이꽃
주민들을 긴급 소집하고
무궁화꽃에게 수사를 의뢰했다

도둑놈은 복면도 없이
꿀단지 한 통을 들고
유유히 사라졌다

무궁화 꽃이
범인을 잡았다
범인은 바로 '토종벌'이었다

한 여름밤의 도난 사건은
할미꽃과 공작초와 들국화의 중재로
해결되었다

꽃님이네 마을은
꿀을 훔친 '벌놈' 이야기로
한동안 시끄러웠다

광복 80주년, 대한민국이여 영원하라

어두운 그림자로 살아온
일제강점기 36년을 보내고
역사는 새로운 봄을 맞이했다

만세삼창으로 백성들은
하나가 되었고
빛의 길을 열었다

암울했던 뒷길엔
영혼을 포기한 사람들의
안타까운 목숨이 그 속을
지키고 있었다

빛의 길, 80년
다시 새 빛은 시작되었고
아름다운 꽃들은 꿈처럼 피어났다

어둠을 밀어낸 시간 동안
바다 건너 붉은 점 하나는
검게 물들었고
삼천리 금수강산엔 하얀
민들레꽃이 만발하고 있다

달맞이꽃

어둠이 내려와
들판을
검은빛으로 물들인다
여기저기 낮잠 자던 무리들이
기다렸다는 듯 하나둘
기지개를 켠다

강 건너 조양산 등넘이는
초승달을 데려오고
북두칠성은 한바탕
불꽃놀이를 준비한다

가슴에 품고 있던 노란 기억들은
서늘한 바람을 불어넣으며 흔들렸다

밤새 쏟아질 듯 하강하는
별들을 품고 하나 된 그는
아침이 오자 수줍게 고개 숙인 채 졸고 있다

저기 낮에도 개똥벌레 한 마리
춤을 추고 있다

이어 아리랑

안개꽃이 출렁인다
신안에서 몰려온 꽃송이가
마라에서 몰려온 꽃송이가
세월의 어깨를 건너
파랑, 파랑 출렁인다

일억 광년 태양에 심취한 파도는
비바리들의 숨비소리에
세월의 애환을 쏟아내고

일억 광년 그리움에 취한
달과 별은
바다로 간 숨소리를 찾아
따뜻한 마음을 건네준다

파도 물결처럼 출렁이던
아우라지 처녀 이어도에서
아우라지 총각 만나
붉은 탑 위에서 사랑을 나누었다

바다를 건너가는 새들도
사랑을 나누는 곳,
숨겨진 보물섬의 비밀을
아침 안개꽃으로 피우는 곳,

정선의 핏줄이 완성되는
그리움의 섬
가슴속으로 품어도 다 품지 못하는
운명 같은 노랫소리
밤새도록 들려온다

이어 이어 아리랑
이어 이어 아리랑
아라리가 났네

시골 이발사의 아침

새벽 5시, 알람 소리가
정적을 깨운다

어둠이 가시지 않은 한켠으로
하나둘씩 검은 그림자가
줄을 서고
대기 중인 그림자가
검은 얼굴에 하얀 옥수수를 들이밀며
연신 하품을 한다

산신령을 닮은 백발 신사는
검은 양복에 빨간 넥타이를 매고
옷매무새를 챙긴다

골목골목 이야기보따리를
지고 나온 사내들은
구수한 입담으로
분위기를 잡고

허름한 이발소 사인볼은
저 혼자 돌아가며
동맥과 정맥을 붕대로 감고 있다

　　　　푸른 바다는 푸른 그리움을 품는다

37년 경력의 숙련된 이발사 양반,
무심히 가위와 빗을 들고
한 치도 주저하지 않고 싹둑,
아침을 잘라낸다

3평 인생

어느 시골 양반집에
세 평 짜리 머슴이 살고 있었다

주인 양반은 어느 날,
평생 머슴으로 살아온 그를
독립시켜 주기로 했다

"내일 아침부터 네가 밟고
오는 땅 모두를 주겠다"고 약속했다

평생 머슴살이로 늙은 그는
새벽이 오기를 기다리느라
뜬눈으로 밤을 새웠다

날이 밝자 머슴은
한 평이라도 땅을 더 차지하기 위해
쉬지 않고 이리 뛰고 저리 뛰다가
주인집 대문을 열자마자
죽고 말았다

그가 차지한 땅은
겨우 세 평뿐이었다

자신이 묻힌 땅이
평생 머슴으로 일해서 받은
마지막 새경이 된 것이다

톨스토이는 알고 있었을까
자신이 차지한 땅도
겨우 세 평뿐이었다는 사실을

풍년상회

허리가 구부러진 아흔의
주인 할머니는
긴 여행을 떠났는지 종일
보이지 않는다

쌀, 잡곡, 콩, 때 묻은 것들이
익숙한 손길을 기다리고 있는데
보이지 않았다

"정선 들깨로 짜서 꼬신 기름"
"혈관 청소부래요"
더덕더덕 창문에 붙은 손글씨
광고비가 필요 없다

긴 세월 이어온 미닫이
출입문과 창문틀 한옥은
백 년 세월을 되돌려 놓고

나무 간판 너머로 시간의
더께가 쌓여 있고
백 년을 넘나든 사람의 혼이
그곳에 모여 있다

땅끝마을에서 왔다는 늙은 어부와
갯비린내를 운명처럼 안고 사는 아낙네
옛것에 취해 기웃거리는
젊은 연인들의 발걸음이
신파 드라마 한편을 찍고 있다

아버지의 지게

문득 떠오르는
당신의 모습이
사무치게 그립습니다

오래 숨겨 놓았던 감정과 그리움이
주체할 수 없는 물결로 밀려옵니다

삶의 무게만큼
큰 기둥이셨던 당신
지금은 뒤뜰 한쪽 구석에
홀로 서 계십니다

꼬부랑꼬부랑 가파른
언덕길을 지나
등 뒤에 짊어진 무게만큼
가쁜 숨을 몰아쉬며
달려오셨던 당신

동트는 새벽이 시작되면
삶의 무게를
늦은 밤 달과 별이 막아서야만
끝나곤 했습니다

한동안 등짐을 벗어나지 못한 당신
가을이 깊어가는 소리에
창문 열고 앉아
달빛만 하염없이 쳐다봅니다

옥수수 잔치

162구 마당에 붉은 알을
품은 새 한 마리
푸른 날개를 휘저으며
하늘로 솟구친다

녹색 장병들은 허리춤에
권총을 차고
들판에 일렬로 무리 지어 서 있다

시간이 지날수록 총구 너머로
붉은 연기가 선명하게
피어오른다

벗겨진 총집은
부끄러움도 모르는지
하이얀 속살을 드러낸다

한순간 뜨거운 목욕을 끝낸 옥수수는
속살이 하얀 살결을 드러내며
정선아리랑 한 자락을 불러댔다

별을 따다 주고 싶다

사랑으로 다가온 그대에게
말없이 내 마음을
주고 싶다

동그란 마음을 흔들어
달밤을 밝히는 청순한
그녀가 왠지 좋다

긴 머리에
새하얀 미소를 머금고 장미처럼
아름다운 자태를 뽐내는
그녀가 좋다

호수처럼 잔잔한 기품이
느껴지고
달콤한 향수로 유혹하는
네가 정말 좋다

밤하늘 별을 따다
꽃마차에 실어 보내며
내 사랑을 전하고 싶다

백년손님 사랑이

하늘이 주신 귀중한 보배
사랑이가 내게 온다는
소식을 들었다

그동안 먼 발걸음 소리만 들었는데
황금 열차를 타고
세월의 레일 위를 달려
내게로 오고 있다

콩닥, 콩닥, 큰아들 녀석 만날 때보다
설렘과 기대로 요동친다

30년의 세월 동안,
무얼 하다 이제 내게로 오는 것일까
버선발로 뛰어나가
환영의 노래를 불러야겠다

황량한 내 가슴에
카네이션 한 다발을
안겨 주는 너는
천사의 선물이 되었다

둥근 달과 별빛도 축포를 쏘며
기쁘게 맞이한다

황금 열차를 타고 사뿐이
내게 다가온 사랑이는
세월을 있게 하는 백년꽃이 되었다

나는 지금 커피가 땡긴다

버드나무 가지가 바람을
불러와 속삭인다
아메리카노 커피 한잔하자고,

두 손 모은 채
봄이 가고 여름이 가고
가을이 오고 있다고 말한다

헝클어진 머리 너머
녹아내릴 듯 늘어나는 더위를
커피 한잔으로 치유하자고

지나가는 사연들을
따뜻한 커피에 녹여버리자고
전하고 있다

꽃이 피면 희망을
열매가 익으면 사랑을
눈이 오면 기쁨을
함께 나누자고

삶의 무게만큼 새로운 시작을
커피잔에 한 모금씩
녹여 나간다

커피에 홀린 영혼의 노래가
이야기에 취해
가슴속으로 녹아내린다

"나는 지금, 커피가 땡긴다"

사랑을 잃은 나룻배

칠월 밤하늘은 명랑한데
조양강 나룻배는 빈 배 가득
달빛만 채우고
포구에 매달려 있다

스며드는 바람에 옷깃을 여미고
유유히 흐르는 강물은
아우라지 처녀의 슬픈
전설을 불러온다

떠나간 총각을 그리워하며
하루 종일 두물머리만 바라보는
빈 배 위에
물안개만 희미하게 밀려온다

"아우라지 뱃사공아 배 좀
건네주게"
아무리 소리쳐봐도

사랑을 잃은 나룻배는
둥근 달을 벗 삼아
빈 노을만 젓고 있다

아직 쓰이지 않았을 뿐

쓸모없는 바위에 앉으니
바위는 의자가 되었다

거추장스러운 나뭇가지에
옷을 걸어 놓으니
옷걸이가 필요 없게 되었다

허전한 벽에 기대니
삶의 위로가 되었다

동아리 모임에서
부지런히 최선을 다하니
사람들이 빛이 났다

세상에 쓸모없는 것은 없다
다만 때를 만나지 못했을 뿐이다

숙제 같은 인생

정년을 앞두고
아름다운 마무리를 한다

34년의 시간 동안,
때로는 강풍에 흔들리고
작은 바람에 갈피를 못 잡을
때도 있었지만
굳건한 자긍심 하나로 버텨왔다

첫발을 내디딜 때의
앳된 혈기와 욕망으로 가득 찼던
시간들이 떠오른다

중년이 된 동료들의 모습은
살아온 세월만큼의 무게가 느껴지고
외길 인생의 흔적들이
풀물처럼 배어 나온다

그 시절이 다시 돌아온다면
견뎌낼 수 있을까?
늦은 밤, 깊은 시름에 잠겨 있는데
마지막 긴급출동 신호가 울렸다
나는 아직 살아 있다

제3부

어둠 속으로 떠나는 사람들

보고 싶다, 정선아

백두대간 굽이굽이 돌고
돌아 나오면
보고 싶은 정선이 나타난다

떼꾼들이 조양강을 지나
한강으로 향하던 아라리의 땅,

아우라지 처녀의 애틋한
순애보만 남아
아리랑 아리랑 아라리요
아리랑 고개로 넘어간다

처음 오는 사람들은 집 한 채
없는 첩첩 산골이라
울고 왔다가
사는 동안 정이 흠뻑 들어서
떠날 때도 울고 간다는 신비로운 땅,

     푸른 바다는 푸른 그리움을 품는다

아우라지 막걸리 한잔에
젓가락 장단을 맞추고

구절리 옛 철길에 취해
마지막 인생을 노래하는 곳

맑은 계곡물이 흘러
사계절을 노래하는
인심 좋고 정 많은 사람들이 모여들고
장터에서 사람 사는 맛이 나는
보배로운 땅,

보고 싶다
날마다 보고 있어도 보고 싶다
여기가 내 고향 정선이다

송천강은 한강으로 흐른다

송천강은
한강으로 흐른다

백두대간 실개천이 춤을 추며 달려와
서로 부둥켜안고 흐른다

바위와 보를 만나면
결국 그 벽을 넘는다

손에 손을 잡고
사랑을 속삭이며 유유히 흘러간다

날이 저물면 어둠 저편으로
태양을 밀어내며
밝은 달을 안고 흐른다

풀잎에 잎 맞추며
나무뿌리를 안고 흐른다

물고기와 마주 보며
이야기하고
온몸을 비비며 흘러간다

나뭇잎 배를 띄우기도 하고
나룻배에 그리움을 실어
나르기도 하고

100m 달리기를 하다가도
잠시 웅덩이에 앉아
숨 고르기를 하기도 한다

세월의 친구를 만나고
자연을 벗 삼아 꿈결처럼 흘러간다

졸 졸 졸, 콸 콸 콸
기약 없이 떠난 여행길,
쉬지 않고 달려간다

가을 문턱에서

재 넘어 산맥을 넘지 못한
노을이
계곡에 걸쳐 있다

산 아래 광야를 달리던
송아지는
노을빛에 취해 멍하니 들판
한가운데 서 있다

여름을 보내기 아쉬운
매미가
구슬프게 이별가를 연주하고

천 년 고목 아래 연인은
계절을 아쉬워하며
서로의 눈빛을 맞추고 있다

어둠 속으로 떠나는 사람들

사거리 네온사인은
지나가는 사람들 시선을
사로잡는다

광부의 기억이 남아 있는
자리마다
휘황찬란한 카지노의
네온사인이 불을 밝힌다

하루 종일 차량 행렬이 끊이지 않는
대박의 꿈은 덧없는 욕망의 끈이 되어
결국 자신의 목을 조르게 되고
희망의 불빛은 안개 속으로
빠져들고 만다

지금 사북에는
기억을 잃은 사람들이
신기루를 찾아 모여들고 있다

관음송의 고백

육백 년의 세월,
오직 한자리에 서서 그대의
체온을 기억합니다

열다섯 살의 그대를 만나
동무로 지내온 지 겨우 이년,
이별의 시간은 너무 길었습니다

이 몸 홀로 남아 지내온 육백 년의 세월,
청령포의 나룻배는 간 곳 없고
이끼 덮인 금표비만 남아
나를 우러르고 있습니다

소설보다 짧은 생을 어이할까
무너진 가슴 부둥켜안고
후회한들 무엇할까

수억 년 세월 변함없는 서강 줄기는 언제쯤
마를 수 있을까
정든 님 돌아온다는 소식
손꼽아 기다리지만

　　　　푸른 바다는 푸른 그리움을 품는다

바람결에 흔들리는 마음,
망향탑 너머 경복궁을 향합니다

오늘도 재 넘어온 달빛은 여전한데
그리운 님은
보이지 않고 한 많은 사연만
가슴에 차오릅니다

행여 꿈속에 말발굽 소리 들려오면
버선발로 뛰어나와 마당 가를 서성거렸지만
인적 없는 빗줄기만
소나기재를 넘어갑니다

아, 육백삼십 년, 검은
구름만 하얀 안개 속을 맴도는 영혼 되어
세월의 나이테를 세고 있습니다

신선 놀이터, 몰운대

광대산 능선에 걸친 몰운대,
구름이 돌고 돌아 잠기듯
절벽을 감싸안고
신선들의 놀이터인가,
산수화 한 폭 화창하게 펼쳐있다

병풍처럼 둘러싸인 소나무 숲은
흰 구름과 춤추며
강물 속으로 빠져들고

까마득한 절벽은
나무와 새, 안개꽃으로 어우러져
우아한 자태를 뽐내고 있다

첩첩이 이어진 능선은
붓으로 그려 놓은 듯
산중 파도를 불러와
수묵화를 그려 놓았다

몰운대 정상에 서면
옛 선비들이 둘러앉아 시를
읊던 낭랑한 소리가
바람결에 들리는 듯하다

그대는 오늘도 행복한가

푸른 옷을 입고
태백산 능선과 계곡을
물들인 그대는 행복한가

뜨거운 태양의 유혹에 지쳐
흔들리는 옷고름을
붙잡기도 하고

천둥소리에 가슴을
부여잡고
강풍에 천 년 주목이 찢기듯
바닥을 뒹굴어도
그대는 오늘도 행복한가

장대 같은 소나기가 살결을
후비듯 쏟아지며
온몸에 빨, 주, 노, 초 물감을 입히고

찬바람이 몸을
빙하로 만들어 새하얀
눈꽃송이를 입혀도
여전히 행복한가

　　　　　푸른 바다는 푸른 그리움을 품는다

그대는 과연 오늘도
행복한가

알고 싶어요

당신 마음을 알고 싶어서
당신 몰래 살며시 다가갑니다

어제 두고 온 내 마음은 잘 있는지
변하지는 않았는지
궁금해서 다가가 봅니다

두고 온 내 사연을 당신은
알고 있는지
궁금해서 다가갑니다

밤새 이슬비에
젖지는 않았는지
따뜻한 커피 한잔에
마음을 녹이고 있는지

가슴 설레게
내가 다녀간 길을 바라보고 있는지
궁금해서 다가갑니다

　　　　푸른 바다는 푸른 그리움을 품는다

별이 지는 방향으로 두고 온
내 마음,

당신의 눈빛 속에 남아
있으면 좋겠습니다

고요 속의 외침

추녀 끝에서 울리는
풍경소리가 정적을 깨운다
참 좋은 아침이다

고난의 흔적을 지나온 혼을 담아
오늘도 백팔 배를 합장한다

안개 속에 어렴풋이 맴도는
시간의 죄는 한없이 흘러가고

땀방울을 타고 흐르는 목탁소리에
계절은 밀려왔다 밀려간다

아미타불 소나무 한 그루
지혜의 향기를 뿌리며
앞날을 예언한다

대웅전 앞마당에 핀 야생화는
마음을 비운 듯 새롭게 환생하고

노랑나비 한 마리 대웅전
문지방을 넘어와

촛불에 취한 듯
너울너울 승무를 춘다

사연 실은 담배 연기

오늘도 나는
담배 연기에 취하는 하루를
보내고 있다

신문지를 침으로 둘 둘 말아
한 많은 세월을
불태우고 있다

새마을, 도라지, 청자를
피울 때도 있지만 삼잎을
말려 피우기도 한다

딸만 셋,
갈 곳 없는 노인은
막내딸 집에 등짐을 풀고 살아간다

남편을 병환으로 일찍 떠나보내고
아들 없는 서글픔을 안고
고독하게 살아간다

외손주 4남 1녀를
손수 키우며 쓸쓸히
웃음꽃을 피운다

이마엔 고달픈 삶의 이력서가
고스란히 남아 있다

연거푸 뿜어대는 담배 연기 속엔
자신에 대한 원망도 담겨 있다

양조장에서 받아 온 막걸리를 친구삼아
혼자 눈물을 훔치기도 한다

"이제 가면 언제 오나"
"마실간 서방님은 언제 올꼬"
"답답한 마음 어찌할까"

꼬부랑 언덕 위에 쪼그리고 앉아
세월의 한을 풀어놓고 있다

반갑다 태양아

얼마만 인가
백두대간에 걸친 구름 너머로
눈부신 햇살이 떠올랐다

반갑지 않은 검은
그림자를 버리고
비바람과 친구 된 지 보름도 더 지났는데
환하게 웃으며 인사하는 너를 보니
6·25 때 헤어진 아버지를
만난 듯 반갑구나

이제는 내가 잠시 구름
사이로 사라지기라도 하면
온몸이 웅크려지고 눈앞이 캄캄하구나

그러다 어느 순간,
활짝 웃는 모습으로 다가오면
두 손 번쩍 들고 만세를 부른다

무더위를 몰고 왔을 땐
그늘만 찾아다녔는데
어느새 계절이 바뀌고
너를 따라 움직인다

한여름엔 짜증스러웠지만
시월에 만난 너는 눈부신
연인을 닮았구나

아침이슬 촉촉이 내리고
불꽃처럼 반짝이는 황금 들녘을 바라보면
농부의 뜨거운 가슴이 느껴진다

너는 어느새 가슴속의
뜨거운 에너지가 되어
하루를 시작하는 희망이 되었구나

파도야, 파도야

파도야
너는 왜 고요한가
망망대해 머나먼 여행길
힘이 들었나 보다

살랑살랑 여울지며 다가오는
너의 숨결 오늘따라 부드럽구나

파도야
너는 왜 너울너울 춤을 추는가
돛단배 타고 유랑하는 그리운 님
넘어질까 걱정된다

파도야
너는 왜 벼락같은 해일을
몰고 오는가
떠나간 님
어지러울까 걱정이다

파도야
너는 어디서 오는 것이냐
네가 태어난 곳
궁금하여 보고 싶구나

　　　　　푸른 바다는 푸른 그리움을 품는다

갈매기에게 물어볼까
흰 구름에게 물어볼까
세월은 자꾸 흐르는데
나는 갈 곳을 잃어 우두커니 서 있구나

기다림

어둠이 흐릿하게 내려앉은 한적한
골목길

하얀 전등 하나 삿갓 속에 매달고
기둥처럼 서서

비바람 눈보라 맞으며
어제도 오늘도 그 자리다

밤하늘 달과 별 수 없이
지나갔지만
갈 곳 잃은 나그네
그 자리에 서 있다

매미도 울고
귀뚜라미도 울고
소쩍새도 우는 세월이 지나가도록

골목길 끝자락 외로운 가로등 하나
그리운 님 오시는 길목
그림자처럼 서 있다

소나무에게

사시사철 푸르름 잃지 않은 그대,
계절이 바뀌어도 우아한 몸짓으로
그 자리에 서 있다

척박한 땅, 경사진 자리 아랑곳하지 않고
힘차게 솟아 자랑처럼 서 있다

낙엽송, 참나무, 자작나무
경쟁하듯
하늘 향해 달리고

길게 뻗은 뿌리로 대지를 움켜쥔 채

두둥실 흘러가는 물안개 따라
미로를 여행한다

서오릉에도 경복궁에도
백두산에도 한라산에도
백의민족 뿌리로 서서
울울창창, 내 나라 내 땅 주인이 되었구나

추억의 책장을 넘기며

뒷동산에 뛰놀던
어린 동심은
배고픔도 잊은 채
강을 건너고 들판을 달렸다

갈잎을 접어 만든 철모는
나라를 지키는 전사가 되었고
매미를 잡아 놀던 숫자 놀음은
여름날의 추억이 되었다

짚을 둘 둘 말아 만든
축구공으로 하루 종일
논바닥을 달리고

고무신 신고 십 리를 걸어
학교 가는 길
개울가에 앉아 도시락부터 까먹었다

동아리를 만들어 힘자랑을 하며
영웅이 되었고
처음 해보는 첫사랑에 목숨을 걸었지만
상처만 남았다

가을 소풍 길
몰래 마시던 쓰디쓴 소주 맞은
개다리춤으로 나를 부끄럽게 했다

지천명을 지나 이순에 다다르니
그 시절 그 추억이 주마등처럼 지나간다
보고 싶은 친구들아,
조만간 만나 소주나 한잔하자

광부, 운명의 길 위에서

1980년 4월
사북의 광부 앞에 펼쳐진 길은
고난의 운명이었다

군홧발로 짓밟히고
몽둥이찜질을 당하며
하나밖에 없는 목숨을
내걸어야 했었다

석탄 가루가 휘날리는 거리에서
생존의 기로에 선 사람들이
사투를 벌이는 동안에도 봄은
지나가고 있었다

막장의 슬픔이 세 평 하늘을 덮고
희미한 가로등 불빛과 하나 되어
시커먼 물 위를 걸어가고 있었다

제4부

아버지의 술안주

졸업 40주년 기념 여행

40년 함께한 우정을 안고 떠난 경주 여행은
설레는 옛 추억을 찾아주었다

좁은 교실에서 책상을 같이 쓰고
봉정리, 고양리, 구절리에서 모여들어
나무 난로 연기에
콜록거리던 아이들은
어느새 흰머리가 고개를 넘어가는
중년의 나이가 되었다

오래된 만남을 기다리는 동안 가슴은
벌써 설렘과 기대로 가득 차고
서로 안부를 물어보느라
시간 가는 줄 모른다

염장봉 아래 우정의 집,
청춘의 만남이 시작되던 그곳에서
내일의 희망을 이야기했었다

     푸른 바다는 푸른 그리움을 품는다

꿈속을 맴돌던 친구들 모습을 보는 순간
소중한 인연이라는 생각도 잠시뿐,
고달픈 광야의 시간을
달려왔을 생각을 하다가
눈시울이 뜨거워졌다

그래, 오늘은 소주 한잔을
마시며 마음껏 취해보자

인생의 반환점을 돌아
종착역을 향해 가는 열차에서
흘러가는 청춘을 애달파 하지 말고
내일을 향한 웃음꽃을 피워보자

더 이상 가는 세월일랑 원망하지 않기로 하고
선물처럼 남은 우정의 불씨를 지펴
불국사 대웅전 부처님 앞에
간절한 촛불 하나 불을 밝혔다

비행기재

낙엽이 도로를 점령한
인적이 드문 산길은
가을 속에 묻혀 고요하기만 하다

꼬불꼬불한 고개를 넘다 보면
비행기를 탄 것처럼 속이
울렁거린다는 비행기재

삼복더위에 에어컨도 없는
버스를 타고 덜컹거리며
고개를 넘다 보면 저절로
멀미가 생기곤 했다

지금은 추억 속의 옛일이
되고 말았지만
한 시간씩 걸려 넘어가던 그 길은
서강 풍경을 바라보며 넘던
설레는 고개였다

제천과 평창을 지나
서울도 가고 강릉도 갈 수
있었던 그 길,

수십 년 세월을 지나
시원한 직선 도로를
십 분 만에 넘는다

정방사에 가면

정방사 대웅전에서 내려다보는 풍경은
고요하고 그윽하다

금수산 줄기 따라
작은 봉우리가 사찰을 떠받치고

은방울처럼 반짝이는 청풍호는
저녁 햇살을 안고 대웅전 앞
마당에 쏟아진다

우뚝 솟은 절벽에 서 있는
천년 미소 부처님은 속세를
내려다보며
숨을 고르고 있다

소원을 비는 불자들의
발걸음 따라
추녀 끝 풍경소리 들려오고

청풍호반 너머
연꽃 물결 윤슬로 반짝이며
나를 부른다

학교 가는 길

스므골 골짜기 코흘리개 삼총사
고무신 신고 책보를 맨 채
길을 나선다

누구나 할 것 없이
장난꾸러기가 되어 신나게
길게 늘어선 오솔길을 뛰어간다

한 시간을 족히 걸어야 도착하는
선양초등학교
서로의 얼굴을 마주 보며 달려간다

개울가 바위에 앉아
가위바위보를 하고
지는 놈 가방 들어주기는
유일한 호사다

스므골 코흘리개 삼총사들,
지금은 모두 흰머리 가득한
영감이 되었을까
그날의 추억 되새기며
소주나 한잔 하고 싶다

안방극장 그 시절

칠십 년대, 동네마다 한 대밖에 없는
티브이 스크린을 열면 네모난 상자에
모든 시선이 집중되었다

흑백으로 펼쳐지는 화면 속으로 빨려 들어가며
저녁마다 연속극을 보고
탤런트 모습을 신기하게 바라보며 환호성을 질렀다

김일, 역도산, 천규덕의
프로레슬링을 보며
대리만족을 느꼈고
홍수완 장정일의 권투를
보며 마음 졸였다

시골 마을에 처음 등장한 텔레비전은
낮과 밤을 가리지 않고
안방극장이 되었고
그 집 아이들은 커다란
권력자가 되었다

　　　푸른 바다는 푸른 그리움을 품는다

세월이 흘러
흑백은 어느새 컬러 화면으로 바뀌었고
널찍한 화면은 집집마다
티브이가 없는 집이 없게 되었다

그러나 저녁마다 마을 사랑방에 모여
옥수수와 감자 고구마를 구워 먹으며
정을 나누던 풍경은 찾아보기 어려워졌다

차표 한 장

탁 탁 탁
마지막 열차는 붉은
화로 속으로
눈물과 인생을 싣고 빠져든다

태어나면서 예약해 둔
차표 한 장 들고
기약 없는 여행길을 떠날
준비를 한다

남기고 갈 것은 한 줌 재가 되어
돌아올 수 없는 여행길이
되어 버렸다

굴뚝을 빠져나온 흰 연기 되어
이승의 마지막 밤을
뜨겁게 지나고 있다

정든 이 미운 이 모두 버리고
떠나가는 길
세상의 모든 시름 내려놓고
하늘로 올라간다

계절이 바뀌듯 주인도
바뀌는 세상에
어느 날 갑자기 찾아와
차표 한 장 들고 떠나는 게
인생인 것을,

밤새 흔들리는 낙엽의 울음소리로
새벽이 오고
누군가의 이슬 되어 또 하루가 깨어난다

정선 오일장

정선 오일장 구석진 곳에서
고무 대야에 생선 파는
할머니 춥지도 않은가 보다

몸 하나 겨우 웅크리고 앉아
손님을 부르지도 않고
흥정도 할 줄 모른 채
세월을 낚는 어부처럼
지나가는 사람들에게 희미한
미소만 던지고 있다

반나절이 지나도 생선은
그대로다
노년의 세월을 낚는 것일까

오십 년 전
열흘에 한 번 머리에 고무 대야를 이고
마을마다 돌아다니던
생선 장수 아줌마는 어디로 갔을까

돈이 없으면 쌀, 보리, 깨로
물물교환을 하던
어머니 모습이 생생하다

저 할머니 파시 무렵까지
개시나 할 수 있을까

찬바람 불어오는 오일장 난전을 지나다가
갑자기 어머니 모습이 떠올라
눈앞이 흐려졌다

시골 기차

뚜두뚜두 아이티엑스 새마을호 기차가
사북역을 향해 들어온다
인적이 드문 탄광촌의 손님을 태우고
겨울 속으로 들어선다

약속이나 한 듯 같은 시간
같은 장소를
하루 두 번 뚜두뚜두 장단을
맞추며 지나간다

학창시절 비둘기호 완행
열차를 타고
증산역에 우동 한 그릇을
먹으러 갔던
그 길을 새마을호가 대신 달린다

80년을 오고 갔던 기차는
때깔만 달라졌을 뿐
기억을 남긴 채 같은 길을
달리고 있다

도심에서 느끼지 못하는
시골 기차는
산을 지나고 강을 건너고

촌락을 지나
파시한 오일장의 노인들을 싣고
또 어디론가 떠난다

사람들이 저문 시간, 기차도
저물어 간다

커피 한 잔

이디야, 메가, 빽다방
한 집 건너 하나씩 커피숍이 들어섰다

각자의 취향에 따라
다른 집으로 들어가는 사람들은
맛에 취해서 찾아가는 것인지
분위기에 매료되어 찾아가는 것인지
옹기종기 모여 앉아
수다 삼매경이다

커피 한잔에 고독을 삼키고
커피 한잔에 오해를 풀고
커피 한잔에 사랑을 마신다

지하철에도
편의점에도
거리에도
공원에도
커피 마시는 사람들로 북적거린다

     푸른 바다는 푸른 그리움을 품는다

하루의 시작을 커피로 여는 사람들,
몸속엔 이미 붉은 피보다 까만 커피로
가득 차 있을 것이다

영혼마저 카페인에 중독되어
인사불성이 될까 두렵다

바람 같은 인생

오늘도 바람이 분다
굽이치는 산자락에 발자국
하나 남기고
스치듯 지나온 인생길에
바람이 불어온다

밤하늘의 별은 변함없이 흐르는데
별빛이 머문 자리마다
그대의 흔적만 남아 있다

꿈처럼 멀어지는 인생이
불러도 대답 없는 세월 속에 묻혀
낙엽 따라 뒹군다

밤은 고독의 잔을 들고
홀로 하얗게 지새우고
지나온 세월을 마시고 있다

눈을 감으면 들려오는
바람 같은 인생,
눈을 뜨면 어디로 가야 할까
오늘 아침에도 정처 없이
바람이 불고 있다

인생 2막을 위한 드라마

흙에서 와서 흙으로 간다

깊은 산 속 샘물을 마시며
빙하가 녹는 물을 마시는 북극곰의
눈빛을 생각한다

고향의 아침,
아지랑이가 솟아오르는 오솔길을
걸어가며 인생 2막을 생각하고

괘종시계가 울리면 시작되는
타임머신의 시간처럼
고무줄에 걸린 내가
나를 끌고 간다

아버지의 술안주

동장군이 몰고 온 찬바람이
창문 틈과 문지방을 지나
아랫목 이불 속으로 휘몰아친다

새벽 찬바람을 마시며
잠에서 덜 깬 아버지가
도시락 들고 통근 버스에 몸을 실었다

오늘은 아버지 간조 받는 날이다
한 달에 한 번 새끼들에게 고기를 먹이고
모처럼 집안에 웃음꽃이 피는 날,

지하 수천 미터 광차를 타고 도착한 막장에서
목숨줄은 머리에 달린 등불 하나뿐이다

언제 무너질지 모르는
갱목을 세우며 한 달에 한 번
간조를 받는 기쁨에
또 하루를 버틴다

애쓴 만큼 받지는 못하더라도
탄가루에 온몸이 검게 변할지라도
자식 키우는 재미에 하루도 쉬지 않고
아버지는 막장으로 향했다

퇴근길
노란 봉투 속에 두둑한 현찰과
보너스로 주는 고기 전표를 들고
발걸음도 가볍게 집안에 들어서는 아버지는
개선장군이나 다름없었다

4남 1녀의 입을 생각하면
고기를 사기도 부족해
비계가 가득한 돼지 껍데기 한 봉지를 들고
동료들과 막걸리 한 잔의 기쁨도
뒤로한 채 방문 열고 들어오셨다

김장김치에 싸 먹는
돼지 껍데기를 먹는 날은 모처럼
허기진 내장에 기름기로 가득 채워지곤 했다

넉넉한 살림은 아니었지만
한 달에 한 번 가족들에게 잊지 못할
추억을 주시며 빙그레 웃으시던
아버지의 모습이 그리워지는 겨울이
돌아왔다

강물 같은 인생

강물은 쉼 없이 흐른다
골짜기를 따라 앞만 보고 흐른다

나는 그 물길에 띄운
조각배 위에 청춘을 싣고 달려와
어느덧 중년을 지나고 있다

강물 따라 흐르던 철부지 시절부터
익어가는 과일처럼 풍성하게
청춘을 마시던 시절까지
쉬지 않고 흘러왔다

물결 따라 흐르던 수많은
시간과 기억들은
기억 창고에 가득 싸인
보물이 되어
또다시 계절 속으로
유유히 흘러간다

지나온 시간의 흔적은
내면 가장 깊은 곳의
쓸쓸함을 안으려고
보이지 않는 시간을 붙잡고 있다

엘리베이터 모금함

손끝까지 시려 오는 겨울바람이
콧등을 후비며 지나간다

한 해를 보내고 새해를
맞이하는 시간
아파트 엘리베이터 안 작은 모금함이
눈에 들어왔다

누가 갖다 놓았을까
동장군이 모시고 온
눈보라를 녹이는
온기가 느껴졌다

온 도시가 캐럴에 매료되어
거리마다 사람들로 북적일 때
마음의 온도로 구세군의 자선냄비가
빨갛게 달아오르던 것처럼

층간 소음으로 윗집 아랫집이 싸우고
한 집 건너 누가 사는지도 모르는
아파트에 모금함이라니,

가슴속까지 따뜻해지는 동지 무렵,
새해에는 삶이 고단한
사람들 가슴마다
뜨거운 온도로 가득
채워지면 좋겠다

극한 직업

현장은 드라마가 아니다
"컷, 다시 시작합시다"가 아니다
라이브의 생동감이다

때론 드라마였으면 좋다는 생각을
할 때도 있다

어언 34년,
한줄 한줄 써내려 온 현장에서
매일매일 예측할 수 없는
생생한 체험 속에 빠져들곤 한다

살고자 절규하고,
죽고자 몸부림치고,
한때 사랑했던 연인도
평생을 살아왔던 부부도
한순간의 선택으로 한 줌 재가 되는,
짧다면 짧고 길다면 긴 인생길은
소설 같고 드라마 같고 영화 같다

모두가 잠든 새벽,
여전히 들려오는 출동 신호를 따라
새내기 동료를 데리고
알 수 없는 생방송 속으로 들어간다

아무것도 예측할 수 없는
시비와 갈등,
삶과 죽음의 경계 속으로
바람처럼 들어간다

산으로 간 낚시꾼

보물의 성지에
대물을 찾아 두 주먹 불끈 쥐고
등산화 줄을 바짝 조인 채
산을 오른다

새벽 일찍 일어나 목욕 재개하고
산신령에게 간절한 기도를 올리고
주루먹에 낚시 도구를 챙긴다

산속 깊은 곳으로 들어갈수록
천 년 묵은 산삼 도라지 더덕
건강과 대물을 낚을 수 있다

창고 안에 가득한 보물은
주인이 없다
먼저 낚는 꾼들의 몫이다

꾼들은 오늘도 여전히 주루먹에
낚시를 담아 어깨에 지고
물푸레나무 지팡이를 길잡이 삼아
대물 낚시터를 오른다

새해 아침

다사다난한 사연을 안고
해넘이는 떠났다

가슴 깊은 곳에 응어리진 사연도
어두운 그림자로 하늘을 가리던 사연도
붉은 태양과 함께 등너머로 떠났다

희망 품은 시간을 남겨 두고
적토마의 시간을 알리는
보신각 종소리가 울려 퍼졌다

동해에서 떠오르는 붉은 말은
소원을 비는 모든 이들의 우상처럼
힘차게 솟아올라 벅찬 가슴을
요동치게 했다

모두 하나 된 마음으로 환호하며
떡국 한 그릇에 저마다의 소원을 담아
새로운 세상을 맞이했다

동장군

북극에서 소풍 온 동장군이
모두를 웅크리게 한 채
자신만의 세상을 지배한다

한쪽은 겨울비로
한쪽은 가뭄으로
알 수 없는 세상을 접수하고

자연의 섭리를 버리고 무너진 하늘은
동장군의 지휘 아래 고단한
하루를 열어간다

동장군이 몰고 온 스키장엔
하늘을 날 듯
질주하는 사람들로 인산인해를 이루고

새해를 맞이한 동해안 명소마다
떠오르는 첫 해를 바라보며
간절한 소원을 빌었다

종종걸음으로 시작하는 하루는
움츠린 가슴을 열고
희망을 받아들인다

겨울바람의
악보 같은 멜로디에
알 수 없는 추임새를 넣으며 뚜벅뚜벅
내 삶을 연주하며 걸어간다

삶의 희로애락과 사람과 사물을 향한
지독한 그리움을 찾아서

– 김남권(시인, 계간 『시와징후』 발행인)

삶의 희로애락과 사람과 사물을 향한 지독한 그리움을 찾아서

– 김남오 시집 『푸른 바다는 푸른 그리움을 품는다』를 읽고

김남권(시인, 계간 『시와징후』 발행인)

시는 사물을 보는 방식으로부터 출발한다. 시인의 눈이 사물을 어떻게 바라보고 생각하는지에 따라 사물도 시선이 바뀔 수 있기 때문이다. 시적 화자가 말을 걸어 오고 시인의 시선이 사물의 심장으로 들어가 대답을 하기 시작하면 시인은 자기 이야기를 쏟아내기 시작하고 무한한 상상력을 통해 이미지를 만들어 낸다. 그래서 시인의 시선은 한순간도 그냥 지나칠 수 없는 것이다, 매일 지나치던 길바닥의 보도블록이나 집 앞을 비추고 있는 가로등도, 병원이나 약국 간판도, 밥집을 드나드는 사람들의 인상착의나 밤새 술꾼들에 의해 지저분하게 방치된 담배꽁초, 길거리를 걸어가는 사람들의 말소리까지, 그냥 스쳐 지나갈 것이 하나도 없다. 주의

깊게 관찰하고 눈에 보이는 현상 너머를 생각하고…. '왜 그럴까? 무엇이 있을까? 나라면 어떻게 할까? 하필이면 왜 거기 있을까?'를 생각하다 보면 저절로 이야기가 말을 걸어와 수많은 이야기를 폭풍처럼 쏟아낸다. 그 이야기를 하나도 버리지 말고 담아서 숨어 있는 비유를 만들고 상징을 세우고 이미지를 창조해 내면 근사한 시가 된다. 역설적으로 사물을 보는 방식이 밥을 먹고 숨을 쉬는 것처럼 생활화되지 않았다면 시를 쓰기에는 아직 게으른 것이다.

다시 말하자면 시는 사물을 보는 방식으로부터 출발하는 관찰과 사유와 의인화의 상징물이기 때문이다.

김남오 시인의 시는 살아오면서 마주했던 다양한 사물과 풍경, 사람을 매개로 스스로에게 질문을 던지고 시적 자아를 통해 삶의 메시지를 전하고 있다. 34년 동안 경찰관으로 오직 한 길을 걸어오면서 예고 없는 생생한 드라마의 현장을 마주하며 삶의 희로애락과 사람과 사물을 향한 지독한 그리움을 찾아내는 것으로 치유와 희망을 삼고 있다. 이번 시집 속에는 아우라지 처녀의 애달픈 사연이 남아 있는 정선아리랑의 발상지 조양강을 기점으로 반세기 넘게 탄광촌으로 살아남았던 광부들의 이야기와 첩첩산골에서 삶을 버텨냈던 아버지를 향한 그리움의 무게가 오롯하게 담겨 있다.

이런 삶의 깊은 속내를 담아낼 수밖에 없었던 것은 김남오 시인이 태어나고 자란 고향이 정선이기 때문에 가능한 일이다. 그의 생애가 한 권의 시집 속에서 동시대를 향한 말을 걸어오고, 다시 살아갈 운명의 인연들을 향해 손을 내밀고 있다. 격동의 시대를 지나오면서도 끊임없이 희망이 빛을 노래하는 김남오의 눈빛은 바위처럼 든든한 미래에 대한 기대를 갖게 하는 힘이 있다.

"우리 동네 하천은 까만 물이 흐른다"
삼탄아트마인에 걸려 있는
시 한 편이 눈에 들어 왔다

팔십 년대까지 수만 명의 광부들이
지하 이천 미터 막장에서
목숨 걸고 사투를 벌이던 삼척탄좌엔
까만 석탄 가루와 까만 탄차만 남아 있다

나무도 까맣고 냇물도 까맣고 도로도 까맣고
하늘도 까맣던 시절
아이들의 눈에 비친 하천은
원래부터 까만색이었을 것이다

탄광이 문을 닫은 지 반세기가 지났지만

갱도 속에선 여전히 까만 물이 흐르고

사북역 저탄장엔 까만 산이 드러나 있다

- 우리 동네는 까만 물이 흐른다 [전문]

　사십여 년전, 사북 고한을 지나 태백, 도계를 오가던 시절이 있었다. 길바닥은 모두 시커멓게 석탄이 깔려 있었고 산도 까맣고 냇물도 까맸다. 그래서 그곳에 사는 아이들은 냇물을 모두 까맣게 그렸고, 원래 물은 까만 색깔이라고 생각했다. 이제는 모두 폐광이 되고 도로도 산도 냇물도 본래의 색깔을 찾아가고 있다. 탄광촌의 흔적은 예전 삼척탄좌 본사가 있던 지금은 갤러리로 변한 삼탄아트마인에 가면 갱도와 목욕탕, 저탄장, 운반차 등 시설물이 남아 있어서 그날의 기억들을 되살리고 있다. 그러나 이미 탄광촌 사북 고한의 모습은 강원랜드와 호텔 등 고층 건물들과 화려한 조명에 묻혀 그곳이 탄광촌이었는지 알아보기 힘들게 되었지만, 까만 물이 흐르던 기억을 안고 있던 사람들은 모두 진폐 환자가 되어 그곳을 떠나거나 생을 달리하고 있다. 시는 사물을 보는 방식으로부터 상상력을 끌고 오지만 때로는, 아니 반드시 시대를 대변하는 거울이고 역사라는 사실을 간과할 수 없다. 우리는 일제강점기와 산업화 시대, 독재 정권의 시대를 건너오면서 이런 사실들을 문학작품을 통해 익히 알고 있는 바와 같다.

백사장을 타고 피어오르는

아지랑이의 속삭임이 뜨겁다

바람조차 무릎 꿇리고

대양을 건너온 파도가

붉은 노을을 불러와 어깨

춤을 춘다

해송이 이파리마다 걸린

파도의 입자들이

말보다 싱그러운 향기를 건네고

그리움은 마르지 않는

우물처럼 파도친다

모래알의 밀어들이 푸른 바람을

흔들고 있다

- 푸른 바다는 푸른 그리움을 품는다 [전문]

바닷물은 투명하다. 바람도 투명하다. 그리움도 투명하다. 투명한 것들은 모두 아름다운 것이다. 그리고 선천적 향수를 지향하고 있다. 김남오는 이런 것들을 하나로 연결시켜 '품는다'고 강조하고 있다. 그리고 투명한 것들이 모이면 푸르게 보인다는 숨은 비유를 내포하고 있다. 하늘도 바다도 바람도 그리움도 투명하지만 그게 깊어지면 모두 푸르게 될 수밖에 없다. 그리움도 깊어지면 가슴에 푸르게 멍이 들지 않는가? 시인이 마음의 눈으로 보아야 하는 것은 바로 이런 상상적인 이미지이다. 현상 너머를 바라보지 못하는 시인은 그저 그런 진술적인 이야기에만 의존할 수밖에 없기 때문이다.

"도둑놈 잡아라"
노을이 붉게 물든
고요한 저녁

물망초 꽃님이네 집에 도둑이
들었다는 외마디 소리가 들려왔다

구절초 이장은
부채꽃, 백리향, 달맞이꽃
주민들을 긴급 소집하고

무궁화꽃에게 수사를 의뢰했다

도둑놈은 복면도 없이
꿀단지 한 통을 들고
유유히 사라졌다

무궁화 꽃이
범인을 잡았다
범인은 바로 '토종벌'이었다

한 여름밤의 도난 사건은
할미꽃과 공작초와 들국화의 중재로
해결되었다

꽃님이네 마을은
꿀을 훔친 '벌놈' 이야기로
한동안 시끄러웠다

- 도둑놈 이야기 [전문]

　　토종벌에 관한 이야기를 도둑놈 이야기로 환치한 구성이
궁금증과 호기심을 유발시키고 궁극적으로는 슬며시 미소
가 돋아 나오게 하는 유머러스한 작품이다. 꽃으로 꿀을 찾아온 꿀벌은 분명 도둑놈일 것이다. 여자의 마음을 훔친 남자도 도둑놈이다. 이제는 예전의 풍습으로 사라지고 만 "함 사세요" 소리는 딸을 데려가는 사위를 꽃 도둑놈으로 여기고 색시의 남자 친구들이 신랑 될 남자를 매달아 발바닥을 두들기며 혈자리를 왕성하게 하던 풍경이 떠오른다.

사방이 꽃으로 만발한 시절, 허락도 없이 이 꽃 저 꽃을 넘나들며 꿀을 도적질한 꿀벌은 벌통 속에 꿀을 잔뜩 모아서 겨울을 나고, 꿀벌의 부지런함 도둑질 덕분에 꽃을 피운 것들은 열매를 맺고 종족 번식에 성공한다. 누가 진짜 도둑인가?

어느 시골 양반집에
세 평 짜리 머슴이 살고 있었다

주인 양반은 어느 날,
평생 머슴으로 살아온 그를
독립시켜 주기로 했다

"내일 아침부터 네가 밟고
오는 땅 모두를 주겠다"고 약속했다

평생 머슴살이로 늙은 그는

새벽이 오기를 기다리느라

뜬눈으로 밤을 새웠다

날이 밝자 머슴은

한 평이라도 땅을 더 차지하기 위해

쉬지 않고 이리 뛰고 저리 뛰다가

주인집 대문을 열자마자

죽고 말았다

그가 차지한 땅은

겨우 세 평뿐이었다

자신이 묻힌 땅이

평생 머슴으로 일해서 받은

마지막 새경이 된 것이다

톨스토이는 알고 있었을까

자신이 차지한 땅도

겨우 세 평뿐이었다는 사실을

- 3평 인생 [전문]

우화 같은 이야기를 통해서 인생의 허망함과 어리석은 욕심에 대한 메시지를 던져주고 있다. 평생 가난하게 살다가 어느 날 로또 복권에 당첨되어 대박이 터진 사람이 불과 몇 년 만에 다시 거지가 되어 길거리를 방황하다가 죽었다는 이야기를 들은 적이 있다. 아무리 돈이 많은 사람도 지위가 높고 권력을 누리던 사람도, 천 년을 살 것처럼 위세 당당하던 사람도, 죽을 때는 결국 세 평 정도의 땅 이면 충분하다. 요즘 같으면 화장을 하는 게 대세이다 보니 세 평은커녕, 작은 단지 하나 묻은 땅이면 충분하다, 그것도 번거로운 사람들은 바다에 뿌리면 그만이다. 나누고 베풀면 사람들 가슴에서 가슴으로 오래 남아 있겠지만 죽는 날까지 욕심만 부린다면 허망한 결과만 눈앞에 남을 뿐이다. 톨스토이도 소크라테스도 부처도 예수도 모두 예외가 없을 것이다.

정년을 앞두고
아름다운 마무리를 한다

34년의 시간 동안,
때로는 강풍에 흔들리고
작은 바람에 갈피를 못 잡을
때도 있었지만
굳건한 자긍심 하나로 버텨왔다

첫발을 내디딜 때의
앳된 혈기와 욕망으로 가득 찼던
시간들이 떠오른다

중년이 된 동료들의 모습은
살아온 세월만큼의 무게가 느껴지고
외길 인생의 흔적들이
풀물처럼 배어 나온다

그 시절이 다시 돌아온다면
견뎌낼 수 있을까?
늦은 밤, 깊은 시름에 잠겨 있는데
마지막 긴급출동 신호가 울렸다
나는 아직 살아 있다

- 숙제 같은 인생 [전문]

　인생을 살아내는 건 숙제를 하는 일이다. 하루가 지나서 다음 날 아침 다시 눈을 뜨면 그날의 숙제를 해야 하는 것이다. 아무 생각 없이 그저 주어졌으니까 살아가는 것이 아니라 오늘의 숙제를 하지 못하면 내일도 없다는 자세로 살아내야 하는 것이다. 정치를 하는 사람들도 공무원도 기업가도 철학자도 판검사나 의사도 모두 자신의 숙제를 하다가 운명을 끝내야 한다. 그 숙제를 마치지 못하더라도 걱정할 필요는 없다. 밀린 만큼의 숙제는 남은 사람이 이어가기 때문이다. 생각하고 깨닫고 행동하면 운명이 바뀌고 세상이 바뀌고 밀린 숙제도 대신해 줄 수 있다. 그러나 아침이 되어서 다시 눈을 뜨고 있는 걸 당연하다고 생각하고 숙제할 생각 없이 숨만 쉬면서 밥만 축내며 사는 인생은 짐승이나 다를 바 없다. 인간 다운 사람이라고 볼 수 없는 이유이다.

육백 년의 세월,
오직 한자리에 서서 그대의
체온을 기억합니다

열다섯 살의 그대를 만나
동무로 지내온 지 겨우 이년,
이별의 시간은 너무 길었습니다

이 몸 홀로 남아 지내온 육백 년의 세월,
청령포의 나룻배는 간 곳 없고
이끼 덮인 금표비만 남아
나를 우러르고 있습니다

소설보다 짧은 생을 어이할까

무너진 가슴 부둥켜안고

후회한들 무엇할까

수억 년 세월 변함없는 서강 줄기는 언제쯤

마를 수 있을까

정든 님 돌아온다는 소식

손꼽아 기다리지만

바람결에 흔들리는 마음,

망향탑 너머 경복궁을 향합니다

오늘도 재 넘어온 달빛은 여전한데

그리운 님은

보이지 않고 한 많은 사연만

가슴에 차오릅니다

행여 꿈속에 말발굽 소리 들려오면

버선발로 뛰어나와 마당 가를 서성거렸지만

인적 없는 빗줄기만

소나기재를 넘어갑니다

아, 육백삼십 년, 검은

구름만 하얀 안개 속을 맴도는 영혼 되어

세월의 나이테를 세고 있습니다

- 관음송의 고백 [전문]

　　비운의 임금 단종의 한이 서려 있는 영월의 청령포에는 육백 년의 세월을 그대로 이고 있는 금표비가 남아 있다. 절해고도와 같은 유배지 청령포에는 금표비와 함께 육백 년의 시간을 증명하고 있는 소나무 관음송이 남아 있다. 단종이 유배 생활을 하는 동안 어린 소나무였던 관음송은 세월의 흐름을 따라 고목으로 자라났고, 주변에 손자 소나무들이 대를 이어 자라고 있다. 그 세월의 나이테를 한 번이라도 본 사람들은 시간을 거슬러 올라 단종의 한과 슬픔을 한 번쯤은 짐작해 보고도 남을 것이다. 청령포를 다녀간 사람들은 많아도 시를 쓴 사람들은 생각보다 많지 않다. 그 영혼의 나이테를 헤아리고 나서 다시 청령포를 찾아보고 청령포가 내려다보이는 언덕에 세워진 왕방연의 시조비도 둘러본다면 시가 가슴에 사무치는 이유를 알게 될 것이다.

“아우라지 뱃사공아 배 좀 건네주게

싸리골 올동박이 다 떨어진다”

길 떠나 돌아오지 않는

아우라지 총각을 기다리다

돌부처가 되고 만 아우라지 처녀는

아직도 조양강 나루터에서

하염없이 흘러가는 강물만

바라보고 서 있다

첫사랑의 순정을 잊지 못하고

애달픈 사연의 밤을 지새우는데

두 갈래 물줄기 한데 모여

한강의 발원지가 된 아우라지에

뱃사공은 간데없고

빈 배 가득 늙은 햇살만 실려 있다

- 아우라지 뱃사공아 [전문]

　정선 사람들은 정선아리랑의 정서를 닮아있다. 강원도의 오지 중의 오지였던 정선은 근대화 이전까지 외부로 통하는 길조차 변변치 않았고, 포장도로가 된 지도 겨우 사십몇 년 밖에 되지 않았다. 조선시대와 구한말까지도 뗏목을 운반하며 한양으로 물자를 운반하고, 다시 그 물길을 따라 생필품을 실어 나르며 사람을 기다리고 문명을 기다려 왔던 곳

　　푸른 바다는 푸른 그리움을 품는다

이다.

　그 한 많은 땅에서 한과 해학이 서린 아리랑으로 슬픔과 가슴 아픈 심정을 달랬을 것이다. 지금도 정선군 여량면 아우라지 강가에 가면 구절리에서 내려오는 물줄기와 임계에서 내려오는 물줄기가 만나 조양강 줄기로 어우러지는 삼각주에 한양 간 아우라지 총각을 애타게 바라보며 기다리고 서 있는 아우라지 처녀의 애타는 동상이 서 있다. 지금도 2일 7일, 5일마다 열리는 정선 오일장 장터에 가면 일 년 내내 구슬픈 정선아리랑을 들을 수 있다. 고향의 정서를 하나도 빠트리지 않고 담아내고 있는 김남오의 시선은 향토 시인의 시선이 아니면 담아내기 어려운 정서를 포함하고 있다.

　　마을 입구에 핀 야생화
　　뜨거운 햇살에 지친 수증기가
　　온몸을 휘어 감자
　　더 이상 참을 수 없다는 듯
　　바닥에 누워 버렸다

　　하늘을 원망이라도 하듯
　　바닥에 누워 몸부림치는
　　저 꽃

지옥의 불기둥이 저럴 것이다
인간의 잘못 때문에
뜨거워진 대지를 어쩌지 못하고
자연의 순리마저 거스르는
운명이 되었나

희망을 버린 저 몸짓,
꽃을 버렸다

- 희망을 버린 꽃 [전문]

‘희망을 버린 꽃’은 기후 위기에 대한 상징성을 담고 있지만, 사실상은 희망에 대한 역설을 담고 있다. “지옥의 불기둥이 저럴 것이다/인간의 잘못 때문에/뜨거워진 대지를 어쩌지 못하고/자연의 순리마저 거스르는/운명이 되었나//희망을 버린 저 몸짓,/꽃을 버렸다”는 사실은 인간의 무분별한 환경 파괴로 인해 나날이 뜨거워지고 있는 지구의 문제를 야생화의 목숨에 비유하고 있다. 이름 없이 피어난 꽃은 우리 대다수 민중을 상징하는 것이다. 그렇게 아무 곳에서나 태어나고 자라고 나이를 먹었지만 다 쓸모가 있어서 이 땅에 온 것인데, 야생화도 그럴 것인데 지옥의 불기둥을 견디지 못하고 숨이 막혀 죽어간다는 사실은 인간의 욕심 아래 무참하게 쓰러져 가는 사람들의 모습을 연상하게 된다.

김남오는 이번 시집에서 그럼에도 불구하고 희망을 이야기하는 시를 여러 편 선보이고 있다. 이는 그가 과거와 현재를 거쳐서 미래로 향하는 시선 속에 희망을 포기하지 않았다는 의미다. 따라서 시 "희망을 버린 꽃"은 진짜 희망을 버렸다는 의미가 아니라 지옥의 불기둥 속에서도 살아남아 다시 꽃 피울 야생화의 질긴 운명을 통해 변함없이 살아갈 이 땅의 목숨들을 생각하는 것이다.

김남오의 시가 아직은 다소 무르익지 않았다고 할지라도 그의 시를 향한 진정성이 어두운 밤하늘의 은하수처럼 빛나고 있기에 길을 잃지 않고 나아갈 것을 믿는다. 시인은 첫 시집을 어떻게 선보이느냐가 중요한 게 아니라, 어떻게 공부하고 발전해 가면서 시의 깊이와 통찰이 성숙해져 갈 것인가가 중요하다. 현실에 안주하지 않고 부지런히 공부하며 정진하고 관찰하고 사유하며, 나만의 상상력을 통해서 비유와 상징이 돋보이는 이미지를 창출해내는 시인이 되기를 기대해 본다.

푸른 바다는 푸른 그리움을 품는다

펴낸날 2026년 3월 23일

지은이 김남오
펴낸이 주계수 | **편집책임** 이슬기 | **꾸민이** 최송아

펴낸곳 밥북 | **출판등록** 제 2014- 000085 호
주소 서울특별시 마포구 양화로 156 LG팰리스빌딩 917호
전화 02- 6925- 0370 | **팩스** 02- 6925- 0380
홈페이지 www.bobbook.co.kr | **이메일** bobbook@hanmail.net